산책

산책

김이은 소설

교유서가

차례

산책
7

경유지에서
37

산책

바람의 언덕

"산책이라도 갈까?"

간식으로 먹은 토스트 접시를 식탁에서 치우고 식탁 가장자리에 놓인 물티슈 캡을 열어 한 장을 뽑아 식탁을 닦으면서 여경이 말했다.

"멀쩡한 행주 놔두고 한 번 쓰고 버리는 물티슈를 쓰냐?"

접시와 주스 컵을 받아 윤경이 바로 설거지를 시작하면서 한마디한다.

"냅둬. 이따 들어와서 내가 할 테니까. 너는 직장생활에다 퇴근하면 집에서도 맨날 집안일 하는 애가 뭘 여기까지 와서 또 설거지를 해."

여경은 윤경의 수고에 대한 인사를 그렇게 갈음한다. 오후의 햇살이 아파트 전면 통창을 통과해 깊숙이도 들어와서는 설거지하는 윤경의 등까지 도달한다. 삼십사 평이지만 구조가 넓게 빠져 누가 봐도 사십 평으로 생각하게 만드는 거실 넓이임에도 섀시의 직사각형 모양으로 재단된 햇살이 길쭉하고 노랗고 게으르게 주방 쪽까지 이어져 무언가를 증명하고 있다. 평균보다 약간 키가 큰 윤경은 싱크대 높이에 맞추느라 양다리를 넓게 벌리고 섰다. 살결 따라 흐르는 얇은 블라우스를 입고 있는데다 등을 구부정하게 구부리고 있어, 햇살은 윤경의 도드라진 날개뼈에 가 들러붙는다. 설거지를 하느라 팔을 들어올렸다 내렸다 할 때마다 노란 햇살을 업은 날개뼈가 솟아올랐다 꺼졌다 해서 흡사 윤경이 아니라 윤경의 날개뼈가 싱크대 앞에 서서 설거지를 하고 있는 것만 같다. 윤경의 날개뼈는 설거지를 끝내고 행주를 비틀어 물기를 꼭 짜서는 조리대와 식기 건조대 밑부분까지 물기를 말끔하게 닦아낸다. 같은 배 속에서 나왔어도 저렇게 다를까 싶어 여경은 윤경의 야무진 손끝과 불거진 날개뼈를 번갈아 바라보았다. 어느새 깔끔해진 주방이 여경은 좋기도 하고 어딘지 조금 긴장되기도 했다.

"까꿍이 하네스는 어딨어?"

"응? 신발장 옆 팬트리 열어봐. 선반 위에 배변봉투랑 있을 거야."

여경이 큰 소리로 대답하고 돗자리를 챙기고 주전부리랑 과일 약간을 챙기는 사이 윤경이 알아서 네 살 난 여경의 강아지 까꿍이를 챙긴다. 조막만한 요크셔테리어 까꿍이는 제가 먼저 현관 앞에 가 문이 열리기를 기다린다. 여경의 손길이 아니어서 잠깐 으르릉, 이빨을 보이다가 윤경이 어허, 하며 눈을 똑바로 맞추면서 단호한 소리를 내자 금세 포기하고 하네스를 맬 수 있도록 등을 내어준다.

"하여튼 어린것들은 꼭 한마디씩 해야 한다니까."

윤경이 웃는다.

엘리베이터 안에서 중년의 여자가 어머나, 예뻐라, 라며 톤 높은 소리로 귀여워하자 윤경에게 안긴 까꿍이가 앞발을 공중에 대고 휘저으며 갖은 애교를 부린다.

"누가 보면 잃어버렸던 엄마라도 만날 줄 알겠다?"

엘리베이터에서 내려 윤경이 웃으면서 까꿍이를 놀리는 투로 말한다.

"아주 웃긴다니까. 처음 보는 사람을 그렇게 좋아할 수가 없다니까."

여경이 짐짓 기가 막힌다는 투로 맞장구친다. 까꿍이가 아랑곳없이 내려놓으라고 발버둥치더니 땅에 발이 닿자마자 잽싸게 이리저리 뛰어다닌다. 여경과 윤경이 작게 웃으며 작은 강아지를 따라 걷는다.

"여기 좋은 데 많아."

차가 다니지 않는 단지 안은 곳곳이 각각 다른 모양의 공원으로 조성되어 있다. 그리고 공원마다 이름이 붙어 있다. 여경은 일부러 고개를 들어 시선을 멀리 둔다. 윤경이 따라서 아름다운 풍경을 봐주길 바라는 것이다. '바람의 언덕'에는 나지막한 동산에 억새 군락 위로 햇살이 고여 우듬지가 오트밀색이다. 책을 읽고 앉아 있는 청동색 조형물이 억새 한가운데서 한가롭다. 바람이 한 더미라도 불어들면 아주 멀고 누구나 가고 싶어하는 어떤 곳에 있는 것 같은 사각거림의 소리가 귓속으로 들어와 몸안을 가득 채울 것이다. 억새와 바람이 몸을 섞어 생겨나는 사각거림은 근본을 잘 알 수 없고 무량한 그리움과 향수를 끌어당긴다.

동산의 정수리를 가르듯 한가운데로 산책로가 나 있다. 매일의 산책 코스여서 익숙한 까꿍이가 동산 위로 앞장선다. 억새 군락이 산책로 양옆에서 가슴께까지 솟은 바깥으로 삼십층 고층아파트 단지가 높이 솟아 있다. 여경과 윤경이 까꿍이 뒤를 따라 느리게 걸었다.

"바람의 언덕이라……"

윤경이 청동 바탕에 금박으로 새겨진 이름을 읽었다.

"나도 여기 이사와서 주거 환경이 이럴 수도 있구나, 하고 놀랐다니까. 신도시 좋다고 말만 들었지, 친환경적 주거라는 게 이런 거구나, 싶고."

여경의 말이 바람과 억새에 함께 얽혀 흔들리듯 흘렀다. 까꿍이가 억새밭에 대고 다리를 들어 오줌을 누었다.

"그러게. 같은 언덕이라도 이리 다르네."

"응?"

윤경의 말에 여경이 되물었다.

"우리 어릴 때 엄마랑 같이 할머니 찾아가던 길, 기억 안 나? 그 캄캄한 밤에 그 가파른 언덕길을 올라가느라 땀을 삐질삐질 흘렸던 거 말야."

"갑자기? 아휴. 말도 마. 난 다시 생각하기도 싫다."

여경이 손사래 치면서 고개를 흔들었다. 윤경은 이렇게 좋은 억새 언덕 위에서 하필 그때를 떠올릴 게 뭐람. 신도시로 새로 이사와 멋진 주거 환경을 자랑하고 싶은 마음이었던 여경은 내심 서운했다. 까꿍이가 등을 동그랗게 말고는 제자리에서 두어 바퀴 돌더니 똥을 쌌다. 조그만 녀석이 무슨 똥을 그리 많이 싸나 싶게 한 무더기 싸놓은 걸 배변봉투를 뒤집어 손에 끼우고 똥을 집어 처리해서는 똥이 든 배변봉투를 허리에 맨 힙색 끝에다 매달아두었다. 무슨 좋은 추억이라고 윤경이 또다시 그때 얘기를 했다.

한 달에 한 번꼴로 할머니가 전화해 엄마를 불렀다. 처음 몇 번은 엄마 혼자 다녀왔는데 그다음엔 여경, 윤경 자매를 데리고 갔다. 언제나 한밤중이었다. 버스를 타고 한 시간 가까이 가서 서울 변두리 동네에 내렸다. 퇴근 시간도 지나고 취침 시간에 가까운 골목은 인기척이 드물었고 가로등이 희미했으며 간혹 완전히 꺼진 곳도 있어 암흑인 구간이 나오곤 했다. 당연히 무서웠다. 엄마의 옷자락을 양쪽에서 나눠 쥔 자매는 노래를 부르기도 하고 대화를 나누기도 했다. 그러다보면 길이 좁아지고 가팔라졌다. 언덕길을 오르느라 숨이 찼다. 언덕길의 끝에 다다라 겨우 숨을 고르면 어둠에 스며 있던 향냄새가 흘러와 자매의 숨가쁜 호흡에 스몄다.

"여기 얌전히 있어야 해."

엄마가 말하고 어둠 속으로 빨려 들듯이 몸을 숨기면 자매는 흙계단에 앉아 흐린 달빛에 드러난 검은 기와지붕을 올려다보았다. 지붕 밑에 달린 현판에 태흥사라고 적힌 글자도 보았다. 두 자매 모두 어렸지만 학교에서 배운 기초한자 실력으로 알아볼 수 있는 글자들이었다. 엄마는 오래잖아 나왔다. 할머니도 함께 어둠 속에서 나왔다. 할머니는 자매를 한 번 보고 작게 고개를 끄덕인 다음 엄마에게 보자기로 싼 커다란 보퉁이와 비닐봉지에 담긴 작은 짐 서너 개를 건넸다. 엄마는 보퉁이를 머리에 얹었다. 그러면 자매가 비닐봉지에 담긴 작은 짐을 나눠 들었다. 할머니와 엄마, 두 자매 사이에 대화는 없었다.

"가."

할머니는 손을 들어 한 번 휘저으며 그렇게 말했다. 그러고는 누가 보는 사람 없는지 주위를 둘러본 다음 서둘러 불 꺼진 절 안으로 사라졌다. 그러면 엄마와 자매는 인사도 없이 뒤돌아서서 어둠을 더듬어가며 언덕길을 내려와서는 거의 막차에 가까운 버스를 기다렸다가 타고 한 시간 가까이 걸려 집으로 돌아왔다. 돌아오자마자 보퉁이를 풀고 비닐봉지를 열면 갑자기 툭 튀어나온 온갖 음식 냄새가 작은 집안에 꽉 들어차곤 했다. 갖은 나물 반찬과 시루떡과 인절미, 색색깔로 물들인 설탕과자에 쌀이나 콩, 보리와 좁쌀 같은 곡물류가 들어 있고 고구마, 감자 같은 것들이 몇 알 방안에 굴렀다. 절에서 공양주로 일하던 할머니가 그렇게 뒤로 빼돌린 음식들로 집안의 작은 냉장고는 금세 가득찼다.

"새빨갛고 새파랗고 둥글게 납작하고 울긋불긋하던 사탕 기억나? 우리 둘 다 안 먹어서 언제나 집안에 그 사탕이 한 봉지씩 굴러다녔던 거? 누가 봐도 제사 때 쓰는 건 줄 알아서 친구들한테 줄 수도 없던 그거? 먹지도 못할 걸 할머닌 왜 그리 잔뜩 넣어줬나 몰라."

윤경이 억새 한 줄기를 손으로 살짝 잡았다 놓았다

가 바람인 듯 억새를 흔들어보았다. 마르고 퍼석한 소리가 윤경의 손안에 잠깐 잡혔다 사라졌다.

"넌 뭐 좋은 일이라고 그걸 디테일하게 기억하고 그러냐?"

바람의 언덕에서 나눌 만한 대화는 얼마든지 많고 많지 않은가. 여경은 이리저리 뛰어다니는 까꿍이 하네스 줄을 살짝 잡아당겼다.

"그냥. 난 늙어서 가난하게 살지 말아야겠다고 생각할 때마다 그때 기억이 나더라고."

앞쪽에서 진회색 슈나우저 한 마리가 까꿍이를 보고는 마구 짖었다. 목에 반투명 넥칼라를 뒤집어쓴 슈나우저는 냅다 뛰어와서 까꿍이 주위를 돌며 계속 짖었다.

"아유, 얘가 반가워서 그러는 건데. 물진 않아요."

슈나우저 주인이 민망하게 웃었다. 하네스 줄에 하랑이라고 적혀 있었다.

"하랑이는 어디 아픈가봐요?"

여경이 괜찮다는 손동작을 하면서 물었다.

"며칠 전에 산책 나갔을 때 고양이가 갑자기 튀어나와서 앞발로 확 우리 하랑이를 긁어버려서요. 각막손

상을 입어서 수술했거든요."

"저런. 많이 다쳤어요?"

"그래도 수술이 잘돼서 상처만 아물면 실명하진 않을 거라고 하더라고요."

정말 다행이네요, 이 동네는 숲과 나무들이 많아서 언제 고양이가 튀어나올지 모르겠어요, 그러니까요, 단지마다 공원 서너 개씩은 다 끼고 있으니 환경은 비교할 수 없이 좋은데 이런 문제가 있을 줄은 정말 몰랐다니까요. 어쩌구. 방금 처음 만난 여경과 슈나우저 개 주인은 바람의 언덕에 서서 마치 몇 년간 친하게 지내온 사람들처럼 무람없이 대화를 주고받았다. 윤경이 신기한 듯 쳐다보고 있는 걸 알아서 여경은 개 주인과 여유 있게 더 말을 주고받으며 웃었다. 마침 개가 나타나는 바람에 윤경이 말을 더 이어가지 않아 다행이었다. 아니었다면 결국 치매에 걸려 절에서 쫓겨난 할머니가 여경 윤경 자매 방에 얹혀살면서 똥칠하고 엄마에게 원숭이 같은 년이라고 욕하고, 뭐 기타 등등 그런 얘기들이 이어졌을 뻔했다.

물의 정원

'바람의 언덕'을 지나 '물의 정원'. 사각의 철제 프레임이 둘러진 낮은 연못에 물풀이 키가 크다. 손톱 끝만한 물벌레들이 튀어오르는지 물의 표면에 작은 파문이 인다.

"원래 낯가리는 성격이잖아."

윤경이 신기한 듯 물었다.

"그러게. 사는 데가 바뀌어서 그런가. 괜히 사람을 환경의 동물이라고 하겠냐."

처음 이곳 신도시로 이사 와서 여경도 신기해했다. 단지 안의 수목이 십 미터도 넘는다는 사실이 그랬고, 각 동 사이의 거리가 멀어 시야를 방해받는다거나 일조권을 침해받는다거나 하는 일이 없다는 것이 그랬고, 엘리베이터를 타면 아이들이 먼저 안녕하세요, 하고 인사를 건넨다는 사실이 더욱 그랬다.

갑자기 훅, 연못의 분수에서 물이 뿜어졌다. 높이 솟았다 떨어지는 물세례를 받은 물풀이 후드득 떨었다.

"뭐야. 저런 것도 작동돼?"

놀라 묻는 윤경에게 여경이 웃어 보였다. 아파트 안

의 수경시설이라면 어디나 바싹 말라 먼지만 쌓인 채로 방치되는 것이 보통 아니던가.

"애들이 잠자리채처럼 생긴 걸 들고 와서는 여기서 고기도 잡아."

"장난해? 정말이야?"

"밤이면 개구리가 어찌나 울어대는지 꼭 녹음기 틀어놓은 것 같다니까. 이따 들어봐."

연못가에 늘어진 버드나무 가지가 한가롭다. 윤경이 버드나무 가지를 살짝 잡아당겼다 놓았다. 마치 고무줄처럼 땅을 향해 길게 늘어났던 가지가 윤경이 손을 놓자 퉁, 퉁겨 올라갔다. 여경이 보고 웃었다.

"여기 좋지?"

"이 안에서만 살면 그렇지."

윤경의 감정은 뭘까, 왜 나처럼 감탄하지 않는 걸까, 여경은 약간 불만스러운 기분이었다. 뭐랄까, 좀 불안하기도 했다.

"아침이면 공기가 꼭 시골처럼 달고 시려."

"환경 좋은 데 살 줄 몰라서 사람들이 안 살겠냐."

좋은 걸 보면 그냥 좋다고 하면 될 일이지 않나. 생각해보니 윤경은 뭐든 삐딱하게 말하는 버릇이 있었다.

그러니까 제 자식하고도 싸우고 애아빠하고도 자꾸만 싸우게 되는 게 아니겠나. 중3짜리 아들이 요즘 누가 말썽 피우지 않는다고. 윤경의 아들은 요즘 대놓고 집에 들어오기 싫다고 말한다. 거의 매일 친구들과 어울려 놀다가 자정을 넘겨 들어온다. 지난번 시험에서 수학은 23점을 받았는데 한 점 부끄러움이 없다. 여친이 있는 듯싶은데 하필 그 여자아이가 무리지어 다니며 술 마시고 노는 애란다. 윤경이 아들에게 장래의 꿈을 물어본 것이 어쩌면 잘못일 수도 있다. 편의점 알바하면서 살면 돼. 스마트폰으로 다섯 시간째 게임하던 아들이 그리 대답했단다. 그맘때 아이들 다 그렇지 않은가. 옆에서 듣던 애아빠가 '저놈의 자식은 애초에 글러먹었어'라고 했고, 그걸 또 윤경이 삐딱하게 '당신이 글러먹었지. 어떻게 애한테 그따위 말을 하는 거야?'라고 대꾸한 걸 시작으로 애는 나가버리고 남편과 싸우다가 급기야 윤경이 집을 뛰쳐나왔다. 그리고 집에서 멀리, 신도시에 살고 있는 여경을 방문한 것이다.

"저게 우리 학교 때 책에서 배운 부레옥잠, 뭐 그런 건가?"

연못, 이라 하면 주거지의 반경 육십 킬로 이내에서

는 찾아볼 수 없는 것이 아니었던가, 생각하면서 윤경이 물었다. 여경이 웃었다. 여경도 그걸 처음 봤을 때 같은 생각을 했었다. 잎자루가 공처럼 둥글게 부풀어 물고기의 부레 같다고 붙여진 이름이란다. 그 안에 공기가 들어가 부레옥잠이 물 위에 떠오를 수 있게 한다.

"꽃이 일 년에 딱 하루 핀대. 꽃말은 승리."

하루짜리 승리라. 여경의 말을 듣고 윤경은 그리 생각했다. 그토록 짧은 것을 승리라 말할 수 있는 까닭이 무얼까. 윤경은 여기저기 돌아보며 자꾸만 좋지 않냐고 묻는 여경이 겹쳐졌다. 자꾸 좋다는 걸 보니 밀려난 거란 걸 여경도 의식하고 있는 모양이다. 솔직히 돈 있었음 이곳으로 이사왔겠나.

연못을 오른쪽에 두고 너른 잔디광장이 펼쳐져 있었다. 까꿍이가 익숙하게 그리로 뛰었다. 먼저 와 있던 콜리 한 마리가 까꿍이를 보더니 다가오려고 했다. 머리에는 앙증맞은 모자를 썼는데 중세 서구 여인들이 쓰던 모자처럼 챙이 앞으로 기울어져 양옆 시야를 가리고 목 아래에서 끈으로 묶는 디자인이었다. 경주마의 시야를 가리는 용도와 비슷한 걸까 싶었다. 콜리 주인이 단호하게 앉아, 라고 말하자 엉덩이를 들썩이던 콜리가 마지못해 그 자리에 앉았다. 그 외엔 아무도 없었다. 인적이 없는 걸 확인하고 여경이 까꿍이 목줄을 풀어주었다. 까꿍이가 포물선을 그리며 뛰어 콜리에게 향했는데, 몇 바퀴쯤 맴돌다가 콜리가 반응이 없자 금세 포기하고는 저 혼자 이리저리 달렸다. 여경과 윤경은 천천히 잔디 위를 걸었다. 잘 자란 잔디가 폭신하게 무게를 흡수하는 느낌이 좋았다. 좋긴 좋네. 윤경은 남편과 아이 문제를 잠시만, 내려놓았다.

서울과 달리 이곳의 하늘은 넓게 열려 있었고 수목원에서나 봤을 법한 키가 높은 나무 위에는 예쁜 색깔로 만들어 매달아놓은 새집에서 새가 지저귀고 있었다. 가끔 연못의 분수에서 물이 뿜어져 나왔고 부드럽게 불어오는 바람은 한가로웠다. 몇 점 떠 있는 구름은 누가 정성들여 부풀려놓은 듯 폭신해 보였다.

서울에서 윤경은 하늘도 벽으로 느껴질 때가 많았다. 모든 것들이 막대기처럼 뻣뻣해 보였다. 미세먼지에 갇힌 태양은 아무리 밝게 비춰도 뿌옇기만 했다. 이른아침에 출근했다 밤에 퇴근할 때면 답답한 공기에 숨이 막혔다. 간신히 주말이 되면 근교에 바람 쐬러 갈래도 꽉꽉 막혀 오가는 길에서 이미 지쳤다. 단 한 가지 위안은 다른 사람들도 다 이렇게 견디고 산다는 사실뿐이었다. 그렇게 견디다보면 언젠가 편안한 미래가 손에 쥐어지겠지. 윤경은 그 한 가지를 위해 산다고 생각했다.

신도시 아파트 단지 어느 곳에는 캠핑장을 갖춘 곳도 있고 대규모 워터파크도 있으며 심지어 영화관이나 골프장을 끼고 있는 곳도 있다고 들었다. 서울에서 한 시간 반. 길다면 길고 짧다면 짧은 그 거리는 연속이라기보다는 끝과 끝의 단절에 가까운 것만 같았다. 여기서, 여경은 행복한 걸까. 막힐 땐 출근길 편도만 세 시간 걸린다면서.

"저기……요."

콜리 주인이 자매에게 다가와 작게 말을 붙였다.

"이사오신 지 얼마 안 되셨나봐요?"

여경과 윤경, 둘 다 무슨 뜻인지 알지 못했다.

"여기 입주민 단톡방이 있어요. 강아지 목줄 풀어놓으심 금세 소문나요."

좋은 일도 나쁜 일도 금방이라고 했다. 몇 동 몇 호까지 단톡방에 뜨고 지날 때마다 수군거리고 친해지기 힘들 거라고 했다. 자기도 콜리 산책시킬 때면 꼭 모자

씌우고 최대한 얌전하게 굴도록 조심한다고 했다. 그녀가 들려준 이야기는 그게 다가 아니었다. 단지 안에서 개 짖는 소리가 난다는 민원 때문에 어젯밤에 경비 아저씨들이 모두 세 시간을 순찰 돌아야 했다. 또 단지 안에 있는 헬스장에는 입주자대표회에서 파견한 칠십대 어르신 감사가 있는데, 얼마 전 비가 많이 오던 날에 그 노인이 헬스장에 고용되어 있는 트레이너에게 현관 걸레질을 시켰다. 트레이너가 마침 개인레슨중이라 지금은 할 수 없다, 고 답하자 감사라는 어르신이 여기 비가 넘쳐서 시설물 못쓰게 되면 니가 책임질 거냐, 어디 어른이 말하는데 따박따박 말대꾸냐, 며 소리질렀다. 그러고는 아파트 시설물 관리와 트레이너의 개인 레슨을 두고 그 우선권을 입주자대표회의의 안건에 부쳤고 그 트레이너는 해고되었다.

"하."

두 자매가 각자 탄식했다.

"무섭네."

윤경이 말했다. 여경은 답이 없었다. 황급히 목줄을 챙겨 까꿍이를 불렀다. 제 이름 부르는 소리에 달려오던 까꿍이가 목줄을 보고 냅다 뒤돌아 뛰었다. 여경이 까꿍이를 따라 뛰었다. 녀석, 어찌나 빠른지 쉽게 잡히지 않았다. 윤경이 반대 방향으로 뛰었다. 까꿍이가 노는 줄 알고 여경과 윤경 사이를 뛰어다니며 멈추지 않았다. 까꿍이는 너른 잔디광장에서 잡기 놀이 하는 시간이 무척이나 행복해 보였다. 그래도 다닥다닥 붙은 서울의 아파트 단지 안에서는 꿈꾸지 못할 일일 거라고, 여경은 생각했다. 까꿍이를 따라 뛰느라 숨이 턱까지 차올랐다.

비밀의 정원

단지 안에 있는 카페 앞이 북적거렸다. 하원 시간인 모양이었다. 옛날 마을 앞 동구나무처럼 커다란 나무 한 그루를 가운데 두고 회전교차로로 쉼없이 학원 버스들이 들어왔다 빠져나갔다. 신기한 건 보통 버스에서 내린 아이들은 곧바로 다른 버스를 타고 연속한 학원 스케줄을 따라가는데 여긴 이 시간만 되면 놀이터가 아이들로 그득하다는 거였다. 미끄럼틀과 그네, 모래언덕이 아이들 노는 소리로 시끌벅적했다.

"신기하지?"

윤경이 고개를 끄덕였다. 어떻게 아파트 놀이터에 아이들이 가득하지? 신도시 특성상 원래 아이들이 많은 건가? 저 애들은 학원 안 다니나? 부모들은 대체 무슨 생각인 거지?

"안 물어봐서 나도 몰라."

여경의 대답에 윤경은 애가 없으니 관심 없겠지, 생각했다. 윤경이 보기에 여경은 현실감이 떨어지는 구석이 있다. 애가 없어서 그런가. 아니면 현실감이 떨어져서 애를 안 낳은 건가. 애가 있어봐야 정신을 차리지. 대출을 받든 어쩌든 어떻게든지 서울에, 집값 오를 곳에 붙어 있어야지. 교육이며 집값이며 생각하면 죽을 각오로 강남에 붙어 있어야 하는 거 아닌가. 윤경은 얼마 전에 역삼동 브랜드 아파트 이십이 평으로 이사했다. 그러느라 소위 '영끌' 수준으로 대출을 다 당겼다. 그거 다 갚기 전엔 죽지도 못하겠지. 지나치다 싶게 열심히 사는데 꼭 노예가 된 기분일 때가 간혹 있었다. 문득 남편과 이혼도 못 하겠구나 싶었다. 혼자 벌어서 감당할 수 있는 게 아니니까.

"강아지다."

아이들이 까꿍이 주변으로 몰려들었다.

이름이 뭐예요? 몇 살이에요? 귀여워, 발 좀 봐. 만져봐도 돼요? 혹시 우리 두키 알아요? 우리집 강아진데…… 아이들은 제가 먼저 말하려고 앞다퉜다. 여경이 일일이 대꾸해주었다. 까꿍이도 저를 예뻐하고 귀여워하는 줄 알아 아이들의 손을 핥고 쓰다듬는 아이들 손길을 즐거워했다. 요즘 강아지들은 사랑만 받고 자라 경계심이 없고 사람을 좋아한다. 겁도 많아 상황 대처 능력도 떨어진다. 주인들이 죽을 때까지 다 알아서 해주니 그저 누리며 살면 된다. 개팔자 상팔자. 네가 나보다 낫다. 윤경은 속으로 까꿍이가 부러웠다.

자전거 탄 아이들, 퀵보드 탄 아이들, 뛰어다니는 아이들, 웃고 떠드는 아이들. 아이들 천지. 근처 파라솔 밑에 앉아 있던 엄마들이 아이들을 부르자 아이들은 그제야 까꿍이를 만지던 손길을 거두고 일어섰다.

"안녕히 계세요."

아이들이 씩씩하고 커다랗게 말했다. 고개도 꾸벅 숙였다.

"지금 저 애들이 우리 보고 안녕히 계시라고 인사한 거야?"

윤경이 진심으로 놀랐다.

"엘리베이터에서 내릴 때도 인사하더라고."

여경도 처음에 놀랐다. 아이들뿐 아니라 어른들도 그랬다. 처음엔 어색해서 어쩔 줄 몰랐다. 지금은 여경도 엘리베이터에서 내릴 때 인사를 건넨다. 서울에 살 때는 한 번도 해보지 않았던 일 중 하나였다.

단지를 벗어나 횡단보도를 건너자 각기 다른 브랜드의 아파트 단지가 나란히 펼쳐졌다. 여경이 앞장설 것도 없이 까꿍이가 먼저 두 아파트 단지 사이로 난 길로 들어섰다. 십여 미터쯤 들어가자 공간이 넓어지며 확 트였다.

"갑자기? 여기 뭐야?"

"비밀의 정원."

여경이 까꿍이 목줄을 풀어주며 웃었다. 까꿍이랑 뛰어놀고 싶을 때 여경이 찾는 곳이었다. 몇 시간이고 머물러도 인적은 거의 없었다. 축구장 하나는 거뜬히 들어갈 만한 공간에는 간간이 나무들이 서 있고 바닥엔 저절로 자란 풀들이 부드러웠다. 양옆으로 대규모 아파트 단지를 끼고 있지만 거리가 멀어 조용했고 시에서 관리를 하는지 쓰레기 하나 없이 깔끔했다. 먼 곳에 있는 조용한 숲속 같았다. 숲의 향기가 났다. 여경이 중간쯤 나무 밑에 돗자리를 폈다. 모서리엔 신발을 올려놓아 고정시키고 가운데 먼저 앉았다. 윤경이 따라 앉았다. 원을 그리며 뛰던 까꿍이도 어느새 여경 옆에 와 앉았다.

윤경은 이런 공간을 그대로 둔다는 게 납득이 되지 않았다. 왠지 모르게 불편한 기분이었다. 두 자매는 한동안 서로 말없이 하늘과 나무와 보이지 않는 바람과 흔들리는 풀을 보았다. 윤경은 엉덩이를 붙이고 앉은 까꿍이 꼬리를 만졌다. 꼬리를 손가락에 감아 돌돌 말아보았다. 한번 하기 시작하니까 계속하게 되었다.

"이제 집안 정리는 다 됐어?"

"대충."

윤경은 자세히 대답하지 않았다. 처리하지 못한 짐들이 집안 여기저기 쌓인 걸 생각하니 다시 골치가 아팠다.

"좁은 공간에서 부대끼면 더 부딪치고 싸우게 될 텐데."

"서로 얼굴 볼 시간도 별로 없어."

"그래도 사람이 좀 넓은 공간에 살아야 숨통도 트이

고 여유가 생기는 법인데. 그 돈을 주고 그리 하꼬방 같
은 데서……"

여경은 윤경이 얼마 지나지 않아 후회할 거라 생각
했다. 그 집 구할 때 여경이 동행했었다. 시세보다 약
간 싸게 나온 집이었다. 이유를 묻자 살던 사람이 워
낙 집을 험하게 써서, 라고 했다. 지은 지 이십 년이 가
까운 낡은 아파트였다. 할머니 혼자 세 들어 산다고 했
는데 밀린 관리비가 삼백이라면서 중개인이 집 상태는
고려하지 말고 인테리어 싹 새로 하고 들어가라고 추
천했다. 정말 그랬다. 현관문을 열고 보니 집안에 들어
가서 구석구석 살펴볼 수 있을 것 같지 않았다. 입구부
터 온갖 쓰레기로 가득한 집 안은 통째로 들어 쓰레기
통에 처박아야 할 것 같았다. 그 집을 윤경은 기어이 샀
다. 강남 아파트를 살 수 있는 한계치였다. 그 집이라
도 있어 다행이라고 윤경이 말했었다. 여경은 생각했
다. 이제 아이도 점점 더 자랄 텐데 다 큰 사내 녀석하
고 그 좁은 집에서 세 식구가 복닥거리다 보면 싸움이
잦지 않겠는가. 집이란 게 사람이 편히 쉬고, 편히 쉬
면서 돌아보고, 돌아보면서 넓어지고, 넓어지면서 서
로 품을 수 있고, 뭐 그래야 하는 것 아닌가. 뭘 그리 아

등바등 살아야 하나.

"벌써 일억 올랐어. 여긴 집값 오를 가능성이 아예 없잖아."

윤경이 여경을 보지 않고 계속해서 까꿍이 꼬리를 돌리면서 말했다. 은근히 좋은지 까꿍이가 가만히 꼬리를 대주고 있었다. 같은 부모에게 나서 비슷하게 성장하고 별반 차이 없이 출발했는데 윤경은 강남에 아파트를 갖고 있지만 여경은 변두리 싸구려 집에서 살고 있지 않은가. 윤경은 몇 년 뒤 집값이 더 오르면 평수를 조금씩 늘려 또 이사를 할 것이다. 그러다보면 언젠가 번듯하게 살게 될 것이다. 그 가능성으로 지금 힘들어도 견딜 수 있다. 그런데 여경은 아예 그 가능성이 없지 않은가. 늙어서 고생 안 하고 초라해지지 않으려면 지금 좀 힘든 게 나은 게 아닐까.

나무들은 키가 컸고 가지들은 쭉쭉 뻗었으며 나뭇잎들이 무성했다. 그 사이를 비집고 쏟아지는 햇살이 맑고 따가웠다. 여경은 미간을 찌푸리고 손으로 볕을 가렸다. 햇살이 너무 강해서 그런가, 눈앞이 선명하다 못해 하얗게 지워지는 것 같았다. 까꿍이가 낮게 코를 골았다. 윤경이 으으, 소리를 내며 기지개를 켰다. 여경도 따라서 팔다리를 쭉 펴고 손목과 발목을 돌렸다.

"그만 갈까."

까꿍이가 번쩍 눈을 떴다. 하여튼 강아지들은 어디든 가자는 소리만 나면 귀가 번쩍 뜨이는가보다, 생각하면서 여경이 신발을 신자 윤경이 재빨리 돗자리를 갰다.

"여긴 진짜 사람이 안 다니네. 이 공간 아깝다."

윤경이 쩝, 입맛을 다셨다. 여기다 뭐 하게, 여경이 말하고 뭘 하긴, 뭐 할 게 없을까봐? 나한테 주기만 줘봐라, 뭐든 기깔나게 할 테니, 윤경이 웃으며 대답하고 둘은 풀숲을 나란히 걸었다. 바람은 적당하고 소음은 없었고 풀냄새는 싱그러웠다.

비밀의 정원을 벗어나 횡단보도를 향해 가는 길이었다. 한 노파가 말을 걸었다.

"부탁 하나 해도 될까요?"

여경과 윤경이 함께 말씀하세요, 라고 대답했다.

"저기, 그게, 저 앞 편의점에요……"

노파는 말을 늘였다.

"네."

윤경이 말했다.

"내 손자가 편의점에 들어갔는데, 거기서 놀고 있는데, 혹시 그애 좀 데리고 나와줄 수 있을까요? 손주 애가 지능이 좀……"

"아, 네."

여경이 말했다.

윤경과 여경은 까꿍이를 데리고 편의점으로 들어갔다. 예닐곱 살쯤 돼 보이는 사내아이가 매대 사이를 뛰어다니고 있었다. 까꿍이 목줄을 잡고 있는 여경을 뒤에 두고 윤경이 다가갔다.

"얘, 할머니가 밖에서 기다리셔. 이제 나가자."

아이는 까르르, 웃었다. 내미는 윤경의 손을 피해 매대 뒤로 숨었다가 까꿍, 고개를 내밀었다가 진열되어 있는 상품들을 이것저것 만지고 들었다 놨다 했다.

"저기, 저애 할머니 부탁으로 아이를 데리고 나가려는데요, 아이한테 안 가면 혼난다고 말씀 좀 해주실래요?"

여경이 카운터의 알바생에게 부탁했다.

"얘, 얘야, 편의점에서 장난치면 못써. 경찰 아저씨가 와서 잡아갈 거야. 이제 그만 나가야지?"

알바생이 큰 소리로 아이에게 말했다. 다행히 편의

점에 다른 손님은 없었다. 아이는 그게 우스운지 깔깔 웃으며 카운터 밑의 바구니에 잔뜩 쌓인 소시지를 한 움큼 집어들었다.

"소시지 사줄까?"

윤경이 다가와 말했다. 아이는 또 빠져나갔다. 자꾸만 아이는 빠져나갔고 여경과 윤경은 어쩔 줄 몰랐다. 어느새 노파는 편의점 문밖에서 발을 동동거리고 있었다. 왠지 모르게 여경과 윤경 모두 좀 불안해져서 어쩔 줄 몰랐다.

경유지에서

"쟈가 갸랴?"

골목 어귀 평상에 앉아 고구마를 까먹으며 노파 둘이 소곤거렸다. 엄마손 분식 앞을 지날 때였다. 그들의 말소리 때문에 외상값을 갚아야 한다는 사실을 또 잊었다.

"응. 식물인간 엄마를 그렇게나 극진하게 돌봤다네. 그것도 일 년씩이나. 그 엄마를 알고 지냈는데도 한 번을 못 들여다봤네."

이화는 말이라도 걸까 겁이 나 어깨를 움츠리고 빠르게 걸었다. 낡고 오래된 동네의 소통 방식이란 언제나 좀 무례하고 쌍방 소통형이 아니라 일방 직선형인 경우가 많으며 보통 카더라, 통신으로 삽시간에 퍼졌다. 골목길의 말은 출처가 불분명하고 누구든 잠시 맡겨놓았던 것을 찾아가는 듯 당당해서 마치 매를 맞는 듯 조리돌림에 가깝다. 분명 부침개접시 따위를 앞세우고 들이닥치던 옆집 할머니가 소문냈을 터였다. 소문은 아무리 크게 외치거나 작게 속삭여도 같은 크기로 들린다는 점에서 기계음처럼 정확하고 무심했다. 골목길에 살면, 아주 오래 살면, 누가 누구를 알고 지속적인 관계를 맺는 일이 끔찍하게 여겨지게 마련이라고 이화는 생각했다.

최근에 옆집이 헐리고 그 자리에 사층 건물이 들어서면서 커피 브랜드의 물류센터가 들어왔다. 심혈관계 질환을 앓던 할머니가 집을 판 건지 아니면 죽은 건지 궁금하지는 않았다. 어느 쪽이든 다행이라고 생각했다. 이런저런 말을 듣는 게 싫었다. 이화는 현관 앞에서 새삼스럽게 낡고 오래된 집을 쳐다보았다. 지난 겨울 길냥이가 자주 찾아들었던 창턱은 이제 창가에 자라난 늙은 나무의 줄기와 이파리들이 대부분을 가리고 있었다. 지상에 간신히 버티고 선 네모난 단층 벽돌

집에 평지붕. 장맛비가 오고 있었다. 막 비 얼룩이 생기기 시작한 벽은 틈이 갈라져 있었다. 모름지기 끝이란 이런 거야, 그러니 함께 망하자, 라며 비웃는 듯이 이화의 집은 부풀어 갈라진 페인트 조각들을 뱉어내고 있었다.

'이 집에서 너무 오래 살았어.'

한곳에서 지나치게 오래 산다는 건 그런 뜻인 것 같았다. 그 집에 살던 모든 것들이 결국 늙거나 죽게 된다는 것. 그래서 소문의 시작이 되고 만다는 것. 예고된 비극처럼 그렇게 조용히 시간과 더불어 숨이 멎는다는 것.

학원은 집에서 좀 떨어진 신축 아파트 단지 상가에 있었다. 방학이라 그런지 학원에는 조무래기들로 넘쳐났다. 거기다 동네 영어 학원이라 성인반은 하루 한 차례 오전 열한 시였다.

"먼저 원어민 레벨테스트를 하셔야 해요."

카운터 직원이 미소 짓는 얼굴로 굳이 자리에서 일어나 이화에게 레벨테스트 용지를 내밀었다. 이화는 카운터 직원으로 일해보는 건 어떨까 상상하면서 웃어보았다. 그랬더니 직원처럼 잘 웃어지는 것 같았다. 사방 한 쪽짜리 통유리로 된 작은 부스에 들어가 테스트 용지를 작성했다. 뭐라도 하자 싶어 택한 것치고는 열심히 집중했다. 그러느라 그가 들어온 줄도 몰랐다.

"하이."

웃으며 들어온 그는 에릭이라고 자신을 소개한 뒤 맞은편에 앉았다. 에릭은 키가 엄청나게 컸다. 이화의 눈엔 거인으로 보였다. 지금껏 본 사람 중 가장 큰 것 같았다. 장담하라면 할 수도 있었다. 덩치도 만만찮게 컸다. 저 체구로 탁구채를 잡고 탁구를 치는 모습은 어떨까. 뜬금없이 그런 생각이 들었고 상상해보니 에릭은 생각보다 꽤 탁구를 잘 칠 것 같았다. 그래서 웃었다. 에릭이 웃는 이화를 보며 이름이 뭐냐고 물었다. 이름을 말하자 노우, 잉글리시 네임, 이라며 또 생글거렸다.

"주드."

"주드?"

"예스. 주드."

그냥 그 이름이 떠올랐다. 영어 이름이 없는데 영어 이름을 대라니 이화는 난감했다. 그래서 음음, 하며 생각하다가 뜬금없이 오래된 팝송이 떠올랐다. 그래서 그냥 그렇게 말했다.

"나, 나나, 나나나나, 헤이 주드?"

에릭이 흥얼거렸다.

"알아?"

에릭이 물었다. 물론 영어로. 이화가 반사적으로 왓? 하고 되물었다.

〈헤이 주드〉그 노래는 폴 매카트니가 존 레넌과 신시아 레넌의 이혼에서 영감을 받아 만들었다. 나나나나, 헤이 주드는 노래 속에서 총 열여덟 번 나온다. 헤이 주드, 나쁘게 보지 마. 두려워하지 마. 세상을 어깨에 짊어지지 마. 그건 바보란 걸 알잖아. 세상을 좀더 차갑게 만들어서 멋지게 연주해봐. 그런 가사의 노래를 에릭이 읊조렸는데 물론 이화가 다 알아들은 것은 아니었다. 그저 가사니까, 대충 들렸다.

에릭은 남자 이름 같긴 하지만 뭐, 상관없다, 고 말했다. 비틀스를 좋아하다니, 갑자기 네가 어릴 때 바가지 머리 모양을 하고 있는 모습을 상상했어, 라고 말하면서 에릭이 크게 웃었다. 그 정도 또한 알아들을 만했다. 바가지 머리는 사실 못 알아들었는데 에릭이 손을 이마 위에 갖다대고 킥킥 웃어서 맥락상 짐작했다. 사실을 말하자면 이화는 비틀스를 좋아하는 게 아니고 그저 우연히 이름이 들어간 노래 제목이 떠올랐을 뿐이지만 굳이 설명하지는 않았다. 설명할 만한 영어 실력을 갖추고 있었다면 어땠을지는 몰랐다.

에릭이 테스트 용지를 살펴보는 동안 이화는 그를 훑어보았다. 가능한 한 고개를 숙이고 눈동자만 위쪽을 보는 식으로 뜯어보았다. 심드렁한 표정으로 테스트 용지를 들여다보고 있는 에릭의 눈동자에서는 약간 빈정거리는 기색이 묻어났다. 그 태도는 보기에 따라서 섹시하게 보일 수도 있겠다는 생각이 들었다. 부스의 통유리창 밖에 여자들 서넛이 모여 섹시하면서도 스마트해 보인다고 수군댔다. 에릭이 어깨를 펴고 머리칼을 한 번 쓸어넘겼다.

테스트 결과는 형편없었지만 아무래도 상관없었다. 이화는 기초반에 등록하고 열 몇 개 의자가 놓인 교실의 맨 뒷자리에 가 앉았다. 강사로 에릭이 들어왔다. 에릭은 수업에 무슨 노하우 따위는 없는 것 같았다. 동네 영어 학원 기초반 강사라는 선입견 때문일지도 몰랐지만 어쨌든 그는 잘 교육받은 교육자라기보다는 잠깐 머무르는 뜨내기 알바생 같은 느낌이 들었다.

뜨내기라니까…… 갑자기 엉뚱한 생각이 들었다.

뭐랄까, 디테일로 모든 것을 짐작 가능한 나이가 되어서도 그 자리에서 열심히 일하는 사람들이 떠올랐고 그래서 급격하게 우울해졌는데 뜨내기라…… 인생을 낭비하고 소비하고 준비하지 않고, 뭐 그런 기발하고 바람직하지 않고 그래서 누구나 꿈꿔보는 그런 일이 뜬금없이 떠오른 것이다. 그런 생각이 들자 이화는 속이 울렁거리기 시작했다. 전혀 예상하지 못했던 일이라 금방 울음 혹은 웃음이 터지거나 혹은 오줌이 찔끔 나올 것 같은 기분이 되었다. 이화는 수업 내내 집중하지 못하고 그 생각에 빠져 있었다. 파트너인 사십대 아줌마가 짜증을 감추지 않았지만 그래도 갑자기 든 그 발칙한 생각 때문에 이화는 약간 어지럼조차 느끼고 있었다.

이화는 생각해보았다. 이 계획은, 그냥 지나칠 수도 있고 실제로 행동에 옮길 수도 있다. 온전히 자유롭게 나의 선택에 달린 문제다. 그러니까 그것은, 이화가 생각하기에 일종의 완벽한 자유였다. 그러고 보니 자유롭게 선택할 수 있는 것들이란 주로 어른들이 보기에 바람직하지 않은 종류의 것들이 더 많은 것 같았다. 어른이 되어갈수록, 세상에 대해 알아갈수록, 무엇이든 선택은 어쩔 수 없음이라는 체념을 포함하기 마련이 되는 듯싶었다. 그렇게 느껴지자 한층 더 흥분되었다. 수업 시간은 어느새 십 분쯤 남았다. 이화는 결단의 용기가 무엇인지 구체적으로 경험하고 있는 중이었다. 그것은 일종의 궤도이탈이고 무방향성이며 인과를 전혀 모르고 또, 삶의 에너지를 응축시키는 일이었다. 그러나 남들이 보기에 이화는 여전히 조용했고 튀지 않았으며 누구의 시선도 잡아끌지 않았다. 사실 삶의 모든 변화의 순간들은 예상하는 것보다 훨씬 더 고요하게 다가왔다 지나가는 거여서 마치 열차의 스위치백처럼 단 한 번의 덜컥임으로 방향은 바뀌고 마는 것이다.

이화는 펼쳐져 있던 교재의 사분의 일가량을 찢어냈다. 찢어낸 교재 위에다 꼼꼼하게 적어 넣었다. 수업이 끝나고 사람들이 모두 빠져나간 꼬리를 물고 나가면서 이화는 찢어낸 교재 귀퉁이를 접어 그냥 에릭에게 건넸다. 그냥이 뭔지 몰랐는데 그냥, 하니까 그렇게 되었다. 별거 아니네, 그냥이란 거. 속으로 중얼거렸다. 에릭이 뭐냐는 식으로 쳐다보았지만 표정으로는 어떤 암시도 주지 않았다. 그리고 그냥 교실에서 나왔다.

하고 나니 생각보다 쉬운 일이었다. 쪽지에는 이화의 집 주소와 현관문 비밀번호를 적어두었다. 바깥으로 나와 숨을 들이쉬었다. 물기어린 뜨끈한 바람이 불었다.

*

지구의 서쪽에 사는 사람들은 원래 좀 그렇다고 알고 있기는 했지만, 아무리 그렇다고 하더라도 이렇게 단숨에, 이렇게 빨리, 단도직입적으로 일이 벌어지리라고는 생각하지 못했다. 너무 오래 살아 그 집 귀신이 되어버린 건지 그래도 아직은 거기 살고 있는 사람인지 분간이 어려운, 그 낡고 후미지고 어두운 집안에서 그를 맞닥뜨렸을 때, 이화는 단단하고 동시에 부실하고 변화의 여지가 보이지 않던 세계가 무너지는 듯한 느낌을 받았다.

이화는 숨이 멎을 지경이었다. 마트에서 장을 보고 들어온 길이었다. 집안에, 마루에서 금발에 거구인 에릭이 자고 있었다. 마루가 좁아 다리를 펴느라 그는 약간 대각선의 각도를 취하고 있었다. 더운지 웃옷은 말려 올라가 있고 옆에는 맥주 캔이 쓰러져 있었다.

　이화는 가만히 서서 내려다보았다. 기묘한 느낌이었
다. 이 집에서 저토록 동물적이면서 커다란, 금방이라
도 터질 것 같은 생명의 기운을 느끼는 것. 낡고 오래
되고 늙어, 같이 망하자고 삐걱거리며 속삭여대는 마
룻바닥을 대부분 차지한 에릭은 오래전부터 그 자리에
누워 있던 것처럼 힘차게 코를 골았다. 인간이 저렇게
생동감 넘치는 생물이라는 게 새삼스러웠다.

　"에릭?"

　에릭은 슬그머니 한쪽 눈을 뜨고 이화를 올려다보았
다. 그리고 이내 다시 눈을 감았다. 이화는 그대로 서
있었다. 잠시 후 생각났다는 듯, 에릭이 주머니를 뒤적
여 뭔가를 꺼내 이화에게 건네주고 태평하게 코를 골
았다. 이화가 건넸던 쪽지였다. 에릭이 코 고는 소리가
크게 들렸는데, 이상하게 그게 좋았다. 이화는 찢어진
종잇조각을 손에 들고 귀퉁이에 앉아 에릭이 깰 때까
지 기다렸다.

　"미안. 너무 졸렸어."

　에릭은 잘 알지도 못하는 여자의 집에서, 그것도 주
인도 없는 집에 멋대로 들어와 제집처럼 자고 일어난

사람답지 않게 정말로 미안한 표정을 지었다. 그러고는 형식적으로 집을 둘러보며 이화에게 집이 맘에 든다고 말했는데 진심이라기보다 일종의 악수처럼 느껴졌다.

자, 이제 악수도 나눴으니…… 누군가 먼저 말을 꺼내야 했는데 이화와 에릭은 서로 기다렸다. 에릭은 참을성이 많은 사람 같았다. 그 뻔뻔함이 맘에 들었다.

"어떻게……"

이화의 물음은 정말 올 줄 몰랐다는 말 같기도 하고 왜 왔느냐는 말 같기도 하고 어떻게 찾아왔느냐는 말처럼 들리기도 해서 애매했다. 이 땅에서 오랜 시간을 살아온 사람이라면 이런 상황에서 전자 쪽으로 해석할 여지가 많았다.

"애들에게 물었어."

에릭은 이화의 물음을 어떻게 찾아왔느냐, 로 해석한 대답을 내놓았다. 학원 조무래기들에게 물어물어 찾아왔다고 했다. 이화는 대꾸 없이 에릭을 쳐다보았다. 그러자 에릭은 이화의 질문에 담긴 전자의 뜻을 짐작한 듯했다.

"배고픈데 뭘 좀 먹으면서 얘기하면 어떨까?"

에릭이 이화가 들고 들어온 마트 비닐봉지를 보았다. 이화도 에릭을 따라 비닐봉지를 보았다. 길쭉한 대파 다발이 힘차게 쑥 솟아 있었다. 이화가 먼저 콩나물을 씻어 쌀 위에 얹어 밥을 안쳤다. 냉장고에 미리 육수 내놓았던 육수통을 꺼내 냄비에 붓고 된장과 고추장을 섞어 풀고 감자와 호박과 양파를 썰어 넣고 마늘을 다져 넣어 바글바글 끓였다. 밥이 익고 된장찌개가 끓는 동안 고기를 잘게 썰어 볶고 콩나물밥에 얹을 당근이며 파프리카며 채소들을 다져놓았다.

"와."

에릭이 마루에 앉아서 감탄했다. 이화의 손놀림은 충분히 감탄할 만했다. 식탁 위에 거스러미가 일어나 있는 것이 처음으로 신경쓰여서 이화는 창고로 쓰는 방에 들어가 몇 년 전에 동남아 여행 가서 사온 테이블 매트를 꺼내 포장을 뜯고 식탁 위에 올렸다. 고리버들로 엮은 테이블 매트가 썩 근사해 보였다.

가르쳐주지 않았는데 에릭은 이미 콩나물밥 먹는 법을 알고 있었다. 양념간장을 밥에 둥글게 두르고 젓가락으로 밥알이 뭉개지지 않도록 살살 저어 섞었다. 그러고는 된장찌개를 한 숟가락 먼저 먹은 뒤에 콩나물

밥 한 대접을 거의 원샷 때리듯 먹어치웠다. 밥을 한 공기 더 달라고 해서 주었더니 된장찌개에 야무지게 비벼서 또 뚝딱 해치웠다. 멀건 죽조차 제대로 삼키지 못하던 병자와 살던 때와는 너무도 달랐다. 이화는 기분이 이상하다고 느꼈다.

다 먹고 나서 에릭은 이야기했다. 묻지도 않은 말을, 그것도 아주 많이 했다.

에릭은 케이프타운에서 태어났는데 자신의 고향을 별로 좋아하지 않았다고 했다. 마치 장기 여행지에 묵고 있는 듯 언젠가 떠나고 싶었다고 했다. 특히 에릭은 사람들이 케이프 닥터라 부르는 바람을 무서워했다. 왜냐하면 그 바람은 남극에서 바로 불어오는 거였는데 케이프타운의 매연과 온갖 공해를 다 쓸어가버릴 만큼 차갑고 센 것이어서 어느 날인가 어린 에릭은 그 바람에 날려 길가에 넘어졌고 그로 인해 자동차 사고를 당했다고 말했다. 이화는 작은 아이를 넘어뜨릴 만큼 센 바람이란 어떤 것일까, 하고 혼자 중얼거렸다.

어릴 적 에릭이 가장 좋아했던 건 병원에 누워 있을 때 선물 받은 지구본이었다. 반짝거리는 불이 들어오는 그 지구본 위에 마킹을 하며 에릭은 나중에 커서 꼭 그 나라들에 가보기로 마음먹었다고 했다. 그리고 여기가 일곱번째 경유지라고 말했다. 여섯번째는 상하이였는데 거기는 중국의 과거와 현재와 미래를 모두 다 볼 수 있는 멋진 곳이라고 했다. 에릭이 보기에 중국이 무서운 이유는 그들의 목표 지향적 성격과 낙관적인 국민성 때문인데 그건 목표를 위한 희생에 대한 너그러움으로 통할 수 있어서라고 했다.

에릭의 말은 바람이라도 탄 듯 막힘없었고 많이 해본 듯 자기 설명이 유창했다. 이화는 어릴 적 꿈이라는 이유로 장기 여행을 하고 있다는 에릭의 말과 자기가 에릭의 말을 어느 정도 알아들었다는 점에 대해 놀랐다. 에릭의 이야기가 너무도 완전해서인지 아니면 에릭의 눈동자가 지나치게 푸르고 투명한 때문인지 이화는 에릭의 말이 모두 오랜 여행을 통해 잘 꾸며진 이야기는 아닐까 하는 착각이 들었다. 어느 쪽이든 상관없었다. 애당초 에릭의 사연이 궁금한 건 아니었다. 에릭은 케이프 닥터를 설명할 때 양팔을 펄럭이며 겁에 질린 표정을 했다.

"더 궁금한 거 없어?"

에릭은 격식을 차리는 듯한 몸짓으로 허리를 반듯하

게 세우고 이화를 바라보았다. 이화의 입은 좀처럼 열리지 않았다. 언젠가부터 누군가와 대화를 나누는 데 어려움을 느껴왔던 터였다. 상대의 말에 어떤 식으로 반응해야 하는지 그 방법과 습관을 잊은 것 같았다. 그러나 이화는 무엇보다 영어로 말해야 한다는 점 때문이라고 생각했다.

"탁구 잘 쳐?"

이화의 물음에 에릭의 푸른 눈이 한층 더 크고 푸르게 빛났다. 그러더니 에릭은 깜짝 놀랄 만큼 큰 소리로 웃었다. 낡고 오래된 집이 울릴 정도였는데 이화는 그 소리를 듣고 스스로 에릭을 이 집으로 끌어들였다는 사실이 새삼스럽고 약간 자랑스럽게 느껴지기까지 했다. 에릭은 손을 활짝 펴고 기다란 팔을 들어올려 갑자기 내려치는 동작을 취했는데 흡사 탁구의 스매싱 동작 같았다. 어찌나 동작이 컸던지 에릭의 손이 탁구채로 보일 정도였는데 이화는 맥락 없이 벌룬 크기의 지구본이 갑자기 쪼그라들어 탁구공만해져서는 그의 손안에서 펑퐁 되는 장면을 떠올렸다. 그러자 문득 이화는 자신의 어릴 적 꿈이 무엇이었는지 궁금해졌다. 이유는 잘 몰랐고, 그것이 뭐였는지도 생각나지 않았다.

이상한 건, 전체적으로도 그랬지만, 특히 에릭의 푸르고 투명한 눈이 이화에게 부재감을 느끼게 한다는 거였다. 그것은 에릭과 섹스할 때 한층 더 깊게 느낄 수 있었다. 에릭은 서서 하길 즐겼는데 이화를 반짝 들어서는 이화의 작고 밋밋한 엉덩이를 두 손으로 움켜쥐고 들썩이면서 좁은 방을 벗어나 온 집안을 돌아다니는 식이었다. 그러면 이화는 거의 에릭의 옆구리에 낀 듯한 기분이었는데 에릭이 그 자세로 이화를 깊이 들여다볼 때마다 이화는 그의 눈이 아니라 마치 푸른 하늘 같은, 말하자면 아무것도 없을 것 같은 허공을 보고 있는 착각이 일었다. 그토록 낯선 감정은 뭐라 설명하기가 어려웠는데 그 허공에는 이화 자신조차 없을 것 같은 허전함이 느껴지면서도 동시에 마음이 편안해지는 구석이 있었다. 그럴 때면 이화 스스로가 옆구리에 부재를 끼고 있는 느낌이어서 이대로 아무도 모르게 사라질 수도 있겠다 싶은 기분이 들었고 그로 인해 위안을 느꼈다.

한번은 에릭이 이화를 침대에 눕게 하고 자신은 똑바로 선 채 이화의 배 위에 사정한 적이 있었는데, 에릭의 큰 키 때문에 구부정하게 고개를 숙였는데도 낮은 천장에 머리를 찧은 일이 있었다. 그 바람에 에릭이 비틀거려서 정액이 이화의 배가 아니라 이화의 얼굴 위로 뿜어져나왔다. 에릭은 쿵쿵거리며 커다란 알몸으로 크리넥스를 가져다 이화의 얼굴을 닦아주며 그러려던 게 아니라고 사과했다.

"괜찮아. 일부러 그런 것도 아닌데, 뭘."

이화가 그렇게 대답하자 에릭이 정색했다.

"진짜 괜찮아?"

"응."

"이렇게 가끔 해도 돼?"

얼굴에서 정액 냄새가 나서 토할 것 같은 기분이었다. 이화는 이렇게가 어떻게인지 잠시 가늠해보다가 고개를 주억거렸다. 이화의 대답에 흥분한 에릭이 다시 일어섰고 금방 사정을 한 게 맞나 싶게 힘찼다. 에릭이 가쁜 숨을 골랐다.

"이화는 왜 싫다는 말을 안 해?"

이화는 모든 일에 불평하는 성격이 아니었다. 싫어도 괜찮아, 좋아도 괜찮아, 라고 말하는 게 이화의 방식이었다. 에릭으로서는 알 수 없는 일이겠지만 그러면 사람들이 이화를 혼자 내버려두었다. 에릭이 탄력

있고 커다란 알몸을 일으켰고, 그 바람에 작고 앙상한
이화의 몸은 침대 모서리를 붙들어야 했다.

*

　에릭은 이화의 낡은 집에 처음 온 지 열흘 만에 자기
짐을 갖고 왔다.
　"너에게 월세 주는 게 낫잖아. 니가 해주는 밥도 좋
아."
　에릭이 그렇게 말해서 이화는 고개를 끄덕였는데 에
릭은 따로 이화에게 월세를 주지는 않았다. 이후로 이
화는 석 달 가까이 에릭과 함께 지냈다. 그 시간 동안
에릭에 대해 새롭게 알게 된 사실은 이런 거였다.
　에릭은 케이프타운이 아니라 미국에서 건너왔다. 히
피였던 부모가 약물과다로 사망한 뒤—이화는 그 지
점에서 고개를 끄덕였는데 에릭과의 섹스와 그녀에게
입력되어 있던 히피에 대한 선입견이 겹쳐졌기 때문인
것 같았다—에릭은 한 움큼도 안 되는 주위의 호의와
연민에 기대며 오랫동안 혼자 지냈다. 학비와 생활비
를 벌기 위해 언제나 허드렛일을 했는데, 한번은 손님

의 지갑을 훔쳤다는 오해를 받고 시비가 붙었다. 그 싸움으로 에릭이 깨달은 건 한 가지라고 했다. 모든 것들이 지겹고 무얼 하든 어디 있든 어차피 혼자라는 것. 그래서 무작정 떠났는데 아시아의 비영어권 국가들에서 일자리를 얻는 건 생각보다 쉬웠다고 했다. 그리고 혹시 문제가 생기면 그 즉시 다른 나라로 옮기는 식으로 살고 있다고 했다.

그 모든 것은 자연스럽게 알게 된 사실이었는데 에릭이 그것을 한 번에 이화에게 말했는지 아니면 시차를 두고 띄엄띄엄 뱉은 말들을 이화 스스로 재조합해 내린 결론인지는 헷갈렸다. 그리고 손님의 지갑을 훔쳤다는 건 오해가 아니었다는 말을 들은 것 같기도 했는데 이화는 스스로의 영어를 믿지 못했으므로 그렇다는 건지 아니라는 건지 확신할 수 없었고 영어로 뭔가 대꾸할 말이 생각나지 않아서 그냥 이렇게 물었다.

"맥주 마실래?"

침대에 엎드린 채로 맥주를 마실 때면 이화는 간혹 에릭에게 얘기를 했다. 엄마 이야기, 엄마와 함께 기르던 개 이야기, 그리고 이화의 이야기. 이화 스스로 이화의 삶을 내팽개쳐온 것만 같다고 말했다. 늘 그런 생각이 든다고 말했다. 그럴 때면 엄마 침대 곁에서 지새던 무수한 밤들이 한꺼번에 흘러갔고 엄마가 영영 떠나던 날 이화를 바라보던 마지막 눈빛이 공중 어디쯤 떠 있는 것만 같았다. 이화는 이미 깊숙이 깃들어버린 것이 무엇인지 알 수 없어 쓸쓸한 기분이 들었다. 그러면 에릭은 고개를 끄덕였지만 어차피 에릭이 할 수 있는 한국어는 한마디도 없었다.

"맥주 남은 거 있지?"

에릭은 그렇게 물었고 이화는 말이 통하지 않으니 각자 재빨리 혼자가 되기에 좋다고 생각했다.

말했다시피, 에릭은 키가 크고 욕망에 솔직했으며, 예의를 차리고 동시에 상대방을 살필 줄 알았다. 그건 장기 여행으로 인해 깨달은 일종의 팁인 것 같았다. 적어도 처음에는 그랬다. 그러나 거의 모든 인간의 깨달음이란 건 일상과 시간의 힘을 견뎌내지 못하게 마련이었다.

에릭은 얼마 지나지 않아 신발과 팬티를 아무렇게나 벗어던졌고 변기에 오줌을 흘리기 시작했으며 잘 때는 쩝쩝거리는 소리를 내면서 커다란 발로 거세게 이화를 차곤 했다. 한 달쯤 지나 학원까지 그만둔 에릭은 이화의 지갑에서 돈을 조금씩 꺼내기 시작했는데 그건 분명 보편과 상식선에서 통용되는 규칙을 넘어서는 거였다. 에릭은 처음 몇 번쯤만 미안한 기색을 표했다.

이화는 구석에 부려진 에릭의 팬티를 찾아 빨았고, 함부로 벗어놓은 에릭의 운동화를 탁탁 털어 볕에 잘 말린 뒤 가지런히 현관에 놓아두었으며, 화장실 바닥에 주저앉아 락스 물로 꼼꼼하게 매일 변기를 닦았고, 잘 때 침대 벽 쪽으로 최대한 바싹 붙어서 구부리고 잤다. 그렇게 매일 에릭의 시중을 들었는데, 거지같은 기분이 들면서도 왠지 이상하게 마음이 안정되는 것 같기도 했다. 에릭은 내내 이화를 지켜보았다. 이화를 향해 뭔가 하고 싶은 말이 있는 듯 보였지만 그때마다 에릭은 그냥 입을 다물었다.

이화에게는 점점 더 좋지 않은 냄새가 배어가는 것 같았다. 몸에 묻은 락스나 오줌이나 혹은 흙냄새일 수도 있었는데 이화는 그냥 늘 자신에게서 풍기던 그런 종류의 냄새라고 생각했다. 누군가를 돌보는 동시에 스스로를 방치하는 자의 오래 묵은 듯한 냄새. 긴 시간의 샤워나 향긋한 비누거품 따위로 사라지는 게 아닌 그런 종류의 냄새.

이화가 느끼기에 에릭은 점점 더 일부러 시중들 일들을 만드는 것 같았다. 나중에 이화는 거의 종일 에릭을 위해 뭔가를 해야만 했다. 그 점에 대해 서로 대화를 해본 적은 없지만 분명 에릭의 무질서엔 의도가 있는 것 같았다. 이래도? 이런데도? 얼마나 더? 어디까지? 그런 질문들이 들어 있는 표정을 짓곤 했는데 어떻게 보면 그건 질문이라기보다 이화에 대한 일종의 비난 같기도 했다. 이화는 에릭의 그런 행동을 자기 비하와 자기 연민이 뒤섞인 거라고 여겼다. 만약 누군가의 돌봄을 받는 게 처음 있는 일이라면 에릭의 입장에선 경계심과 이화의 의도에 대한 의심을 느꼈을 테다. 아니면 그저 이화에게 화가 났던 건지도 모르고. 딱 한 번 에릭이 이화에게 물었다.

"넌 왜 그래?"

이화는 무슨 말인지 알아들었지만 무슨 뜻인지 모르겠다는 제스처를 취했다. 에릭의 말투에는 이해할 수 없음과 약간의 경멸과 뭐 아무래도 상관은 없지만, 의 태도가 섞여 있었다. 이화의 태도 때문에 자기가 점점 더 못쓰게 되어간다고 투덜댔다. 이화는 그저 모든 일들이 그럴 만하니까 그런 거라고, 이유 따위는 중요하지 않고 알려고 애써봐야 머리만 아프고 시간만 멈출 뿐이라고 생각했다.

때로 에릭의 행동은 몹시 난폭하게 느껴지기도 했는데 예를 들면 이런 거였다. 에릭은 깊은 새벽에 화장실 문을 닫지 않고 변기 뚜껑도 올리지 않은 채 오줌을 누고 조심성 없이 물을 내렸는데 아무리 말이 통하지 않는다고 해도 이화가 밤새 잠들지 못하고 뒤척이다 간신히 잠든 것을 몰랐다고 볼 수 없기 때문이었다. 이화는 그 소리들을 태풍이 몰려올 때 내려치는 천둥소리쯤으로 느껴 화들짝 놀라 깨서는 그 밤 내내 다시는 잠들지 못하는 식이었다.

에릭은 그로부터 한 달쯤 뒤에 집에 남아 있던 모든 현금을 챙겨 떠났다. 떠나기 전날 밤에 에릭은 이화에게 산책을 나가자고 졸랐다. 생각해보니 둘이 함께 외출한 적이 없었다. 이화는 에릭과 함께 오래된 철문을 밀고 집밖으로 나섰다. 지상에 간신히 버티고 선 네모난 단층 벽돌집에 평지붕의 집. 집안의 울창한 나무에서 떨어진 이파리들이 집밖 담장 밑에 수북했다. 가을이었다. 골목 어귀 평상 위에는 밤낮없이 거기 붙어 앉아 있을 것만 같은 노파 둘이 앉아서 밤을 까먹고 있었다.

"쟈가 웬 남자랑 나오네? 허옇고 멀대처럼 큰 놈이랑?"

노파 둘이 놀라서 크게 말했다. 낡고 오래된 동네에 삽시간에 소문이 퍼질 것이다. 이화는 어깨를 펴고 발소리를 내며 걸었다. 골목을 지나 또 골목길을 걷고 다시 이어지는 골목을 따라 걸었다. 골목이 꺾일 때마다 이화는 모퉁이의 담벼락을 손으로 쓸었다. 에릭과 함께 마트에 갔다. 이화가 '제철'이라고 써 붙은 왕새우를 고르는 동안 에릭은 잡화 코너에서 여성용 손가락장갑을 골랐다. 집에 돌아와 이화는 굵은 소금을 깐 냄비에 새우를 넣었다. 붉은 불 위에서 뚜껑 닫힌 냄비 속에서 새우들은 마지막으로 몸을 뒤집었다. 이화는 다 익은 새우의 껍질을 까서 에릭의 접시 위에 놓아주었다. 이화와 에릭은 붉게 익은 새우에 초고추장을 찍어 소주를 곁들여 먹었다.

에릭은 떠나면서 짧은 메일 한 통을 남겼다. 그 전날 산 손가락장갑이 이화에게 줄 작별선물이 아닐까 속으로 기대했었는데 아니었던 모양이었다. 장갑은 남겨질 누군가를 위한 것이 아니라 찾아갈 누군가를 위한 것이었던 모양이라고 생각했다. 긴 여행을 떠난다고 적고 있었는데 이화로서는 그것이 떠나는 것인지 돌아가는 것인지 가늠하기 어려웠다. 또한 에릭은 이화를 많이 좋아했다고 덧붙여 픽 웃게 만들었다. 돈은 다음달이면 같은 분량으로 이화에게 주어질 것이다. 그것은 엄마의 삶과 죽음의 집약이며 동시에 무심한 행정 절차이기도 하다. 이화는 삼 년쯤 시간이 지나고 나면 좀더 청결하고 홀가분한 기분으로 돈을 받을 수 있게 될 거라고 생각했다.

이화는 애초에 뜨내기 같았던 에릭의 첫인상을 새삼 상기했다. 언젠가 이곳을 떠나 다른 곳으로 옮겨갈 사람. 이화는 역시나 올바른 선택이었다고 스스로 흡족해했다. 정확한 이유를 설명하기는 어렵지만 이제 이 집에서 더 살 수도 있겠다는 생각이 들었다.

이화는 에릭에게 곧 답장을 썼다. 사전을 뒤적여가며 몇 시간 동안이나 작성한 이화의 답장은 에릭이 보낸 것보다 백배는 길 것 같았다. 잠이 오지 않는 밤마다 한국말로 여러 차례 얘기했지만, 그랬기 때문에 에릭에게 가닿지 못했던 이야기들이었다. 엄마 이야기, 엄마와 키우던 개 이야기, 그리고 이화의 이야기. 이화에게 익숙하지 않은 언어로 작성한 그 글이 얼마나 진실에 가까울는지는 이화 스스로도 확신하지 못했다. 답장을 보내고 나니 비로소 긴 여행을 끝내고 돌아온 기분이었다. 누군가 먼 곳에서 잠깐이라도 자기를 생각할 수도 있겠구나 싶어서 왠지 마음이 조금 놓였다. 그렇게 생각하니까 웃음이 났다.

진짜 삶을 위한 자기 돌봄의 이야기

고영직(문학평론가)

김이은은 2002년 〈현대문학〉을 통해 등단한 이후 소외된 사람들의 내밀한 고통을 특유의 환상적 장치와 상상력으로 예리하게 보여주었다. 소설집 『마다가스카르 자살예방센터』(2005) 『코끼리가 떴다』(2009) 『어쩔까나』(2013)를 비롯해 장편소설 『검은 바다의 노래』 (2014) 『11:59PM 밤의 시간』(2016)은 그 생생한 문학적 실체이다. 물론 등단 20년의 작가 이력을 쌓는 동안 작품 세계는 조금씩 변모했다. 초기작에 비해 최근작일수록 환상적 장치 대신 집, 땅, 차, 돈을 맹목적으로 추구하며 '브랜드 있는 삶'(『11:59PM 밤의 시간』)을 살고자 하는 우리 안의 뒤틀린 욕망을 다루고 있다. 예를 들어 『11:59PM 밤의 시간』 속 주인공 '혜선'이 말하는 대사를 보라. "중요한 건 잘 살아야 한다는 거야. 남들과 다르게, 그냥 사는 게 아니라, 아름답고 품격 있게." 하지만 '남들과 다르게' 살아야 한다는 위 대사는 작품에서 실상과는 사뭇 다른 행태를 보인다. 맹목적으로 집, 땅, 차, 돈, 명품을 추구하며 사는 욕망 자체를 의미한다. 결국, '남들처럼'의 덫에 빠진 셈이랄까.

　이러한 작품 경향은 『산책』의 표제작인 「산책」에서 확인된다. 우리는 이 작품에서 '서울 강남'과 '변두리 신도시 아파트'라는 두 공간의 대비를 통해 집에 대한 우리 안의 일그러진 욕망을 확인할 수 있으며, 작중 두 자매가 과연 "편안한 미래"를 누릴 수 있는지 의문을 갖게 된다. 흥미 있는 점은 두 작품 모두 소위 '짝패형' 인물이 등장한다는 점이다. 「경유지에서」라는 작품에서는 상실과 외로움의 시간을 견디며 사는 두 남녀를 통해 어느 곳에도 쉽게 정주하지 못하고, '경유'하듯 사는 삶의 불안정성을 만나게 된다. 철학자 하이데거식으로 말하자면, 김이은 작가는 두 작품에서 우리 시대를 '불안'이라는 근본기분(Grundstimmung)으로 파

악했다고 보아도 좋을 것이다.

「산책」: 당신의 집은 어디인가

'어디 사세요?' 이 질문은 우리 사회에서 '집'이 더이상 주거 자체를 의미하지 않고, 그 이상의 의미를 갖는 질문이 되었다. '아파트 공화국'(발레리 줄레조), '부동산 계급사회'(손낙구) 같은 진단은 오래전에 제출되었고, 코로나19 같은 재난의 시대에도 불구하고 집, 땅, 차, 돈을 '추앙'하려는 우리 안의 욕망은 무너지지 않았다. 이러한 우리 안의 견고한 문화적 문법은 필연적으로 내 인생은 내가 책임진다는 '자기 책임의 윤리'로 포장된 각자도생의 세계를 구축했다. 작중 '윤경'과 '여경'이 집을 둘러싸고 미묘한 신경전을 벌이는 장면에서 분명히 알 수 있다.

세 개의 장으로 구성된 「산책」의 묘미는 서울 강남에 사는 언니 윤경과 수도권 변두리 신도시로 이주한 동생 여경의 미묘한 신경전이다. 작품이 전개될수록 표제에서 연상되는 '산책'의 여유는 온데간데없고 불안감이 스멀스멀 강화된다. 여경은 강남구 역삼동 브랜드 아파트로 이주한 언니 윤경의 이십이 평 집에 대해 "강남 하꼬방 같은 데"라고 힐난하고, 윤경은 신도시 삼십사 평짜리 여경의 집에 대해 "변두리 싸구려 집"이라고 폄하한다. 윤경은 "편안한 미래"를 위해 지금 힘들어도 견디지 못하고, "언젠가 번듯하게 살게 될 것"이라는 가능성 자체를 포기해버린 듯한 동생 여경이 못내 마뜩잖다.

윤경과 여경, 두 자매가 이렇듯 신경전을 벌이는 까닭은 '가난'의 기억 때문이다. 태흥사라는 사찰에서 공양주 노릇을 한 할머니와 접선하듯 만났던 유년의 가난했던 기억은 두 자매에게 망각하고 싶은 상처로 남아 있다. 작품에서는 위 에피소드를 자세히 다루지 않지만, 가난의 트라우마는 두 자매에게 '안락한 삶'에 대한 욕망으로 나타났다. 사회 양극화가 '웃음의 양극화'로 나타난 셈이랄까. 어느 시인의 말마따나 "그러므로 아무리 참고 견디려 해도/ 웃음엔 민주주의가 없다"는 점을 체득한 셈이다.

여하튼 김이은은 「산책」에서 집이란 무엇이고, 무엇이 좋은 삶인가를 묻는다. 집[住]이라는 한자를 파자

(破字)해보면 사람[人]이 주인[主]이라는 뜻이다. 하지만 오늘날 우리 사회에서 집은 더이상 사람이 주인이 아니다. 집은 사는(live) 곳이 아니라 사는(buy) 곳이 되었다. 그런 점에서 두 자매 중 윤경이 더 현실적인 삶의 태도라고까지 말할 수 있다. 하지만 윤경의 삶이란 중3 아들의 방황은 멈출 줄 모르고, '영끌' 하듯 구매한 아파트는 살림살이에 균열을 내고 있으며, 하루하루의 삶이 "벽"에 갇혀 있다는 느낌을 받곤 한다. '자발적 소박함'의 삶과는 멀어졌다. 윤경이 '비밀의 정원'을 산책하면서 "이 공간 아깝다"라고 반응하는 것에서도 알 수 있다.

김이은은 여기서 집에 대한 여경의 태도와 환경에 조금 더 관심을 기울인다. 예를 들어 아파트 놀이터에서 노는 아이들이 있고, 엘리베이터 안에서 "안녕하세요"라고 인사하는 사람들이 있는 삶에 더 주목한다. 서울 강남에서라면 상상할 수 없는 '가벼운 교류'가 일상적으로 일어나는 주거 환경이 더 좋은 것 아니냐는 시각을 은연중 드러내는 것이다. 하지만 여경의 환경이라고 해서 문제가 없지는 않다. 입주민 단톡방은 입주민들을 강력히 단속하며 새로운 인클로저(enclosure)

를 만들었고, '그들만의 커뮤니티'인 게이티드 커뮤니티(gated community)를 더 강화한다. '입주민 갑질' 또한 여전하다. 단지 안 헬스장 트레이너가 입주민의 '심기'를 불편하게 했다는 이유로 해고된 것을 보라.

그럼에도 불구하고 김이은은 사람과 사람 사이를 잇는 '연결망'의 힘을 신뢰하고자 하며, 집이란 결국 사람이 주인이어야 한다는 생각을 행간에 부려놓는다. "집이란 게 사람이 편히 쉬고, 편히 쉬면서 돌아보고, 돌아보면서 넓어지고, 넓어지면서 서로 품을 수 있고, 뭐 그래야 하는 것 아닌가." 이 진술에서 작가 김이은이 생각하는 집에 대한 오래된 믿음을 확인할 수 있다. 그리고 작중 '부레옥잠'의 꽃말 또한 상징적이다. 일년에 딱 하루 꽃이 피는 부레옥잠의 꽃말은 '승리'라고 한다. 하루짜리 승리에 불과한 부레옥잠의 꽃말은 우리네 삶에 대한 비유가 아닐까. 어쩌면 하루짜리 승리라 할지라도 무엇이 '진짜 삶'인가를 묻는 것. 하지만 우리 삶에서의 이러한 "승리"의 순간은 자주 오지 않으며 항상적으로 불안하다. 불안감이 점점 고조되는 결말은 우리가 사는 세상이 갈수록 손 내밀 곳이 점점 줄어드는 세계를 보여주는 장면으로 읽힌다. 당신은,

지금, 온전한 삶을 살고 있는가.

「경유지에서」: 상실과 외로움을 넘어 '자기 돌봄'으로

한편 김이은은 「경유지에서」라는 작품에서 외로움(loneliness)의 상황에 내몰린 인물을 통해 어느 곳에도 쉽게 뿌리를 내리지 못하며 부박하게 '경유'하듯 사는 삶에 대한 냉정한 성찰의 언어를 행간에 부려놓는다. 알다시피 외로움은 고독(solitude)과 전혀 다르다. 외로움은 손 내밀 곳이 전혀 없는 '고립'의 상태를 의미한다. 누군가가 '커뮤니티는 없고, 소사이어티만 남았다'(김만권)라고 한 말의 사회적 의미를 생각하고 예방적 사회정책을 내놓아야 한다. 우리에게는 '서로'가 필요하기 때문이다.

"낡고 오래된 동네"의 골목에 사는 주인공 '이화'는 어머니의 죽음 이후 영어 학원에 등록한 후, 충동적으로 원어민 강사 '에릭'에게 자신의 주소지를 건넨다. 그후 두 사람은 한동안 동거를 하다 헤어진다. 에릭은 "잠깐 머무르는 뜨내기 알바생 같은 느낌"을 자아내는 사람이다. 김이은은 이화의 이러한 심리 상태를 "인생을 낭비하고 소비하고 준비하지 않고, 뭐 그런 기발하고 바람직하지 않고 그래서 누구나 꿈꿔보는 그런 일이 뜬금없이 떠오른 것"이었다고 언급한다. 이 진술에 따르면, 이화는 깊은 슬픔과 상실의 시간을 맞아 자신을 철저히 방기하고자 한다. 어쩌면 어머니의 죽음 이후 외로움의 시간이 더 깊어진 것이라고 보아야 옳다.

하지만 자기 인생의 궤도를 이탈하고, 스위치백(switch-back)하려는 이화의 시도는 결국 인생이란 어차피 '혼자'라는 사실을 더 강화한다. 작품 결말에서 이화가 에릭에게 엄마 이야기와 개 이야기를 정성껏 써서 보내는 메일에서도 확인할 수 있다. 흥미 있는 점은 궤도(volution)를 다시 돌리고자 하는 것이 혁명(re-volution)이라는 점이다. 결국, 이화는 "모든 것들이 지겹고 무얼 하든 어디 있든 어차피 혼자라는 것"을 확인하게 되고, 이 점은 에릭 또한 다르지 않다. "여기가 일곱번째 경유지"로 선택한 에릭의 경우 이화와의 만남에서도 여전히 삶이란 '경유지'에 가까운 것이라는 생각을 바꾸지 못한다.

독자들이 「경유지에서」를 읽는 여러 독법이 가능하

겠지만, 작품에 삽입된 비틀스의 노래 〈헤이 주드〉(1968)
는 두 인물의 인생행로를 암시하는 장치가 아닐까 한
다. 특히 "세상을 어깨에 짊어지지 마"(Don't carry the
world upon your shoulder)라든가, "너는 함께할 사람
을 기다리고 있지만"(You're waiting for someone to
perform with)이라는 노랫말은 외로운 두 남녀가 '자
기 돌봄의 근육'을 키워야 한다는 메시지로 이해된다.

"주드."
"주드?"
"예스. 주드."
(중략)
"알아?"
에릭이 물었다. 물론 영어로. 이화가 반사적으로 왓? 하
고 되물었다.
〈헤이 주드〉 그 노래는 폴 메카트니가 존 레넌과 신시아
레넌의 이혼에서 영감을 받아 만들었다. 나나나나, 헤이
주드는 노래 속에서 총 열여덟 번 나온다. 헤이 주드, 나
쁘게 보지 마. 두려워하지 마. 세상을 어깨에 짊어지지
마. 그건 바보란 걸 알잖아. 세상을 좀더 차갑게 만들어서

멋지게 연주해봐. 그런 가사의 노래를 에릭이 읊조렸는데
물론 이화가 다 알아들은 것은 아니었다. 그저 가사니까,
대충 들렸다.

_「경유지에서」, 42~43쪽

　실제 이화는 에릭에게 긴 메일을 보내고 난 후 예전
과는 조금 다른 감정을 느낀다. 더이상 인생을 방기하
며 '살던 대로' 살지 않으려는 태도 변화를 보인다. 이
러한 변화는 비록 작더라도 중요하다. 자기를 돌볼 줄
아는 사람은 타자를 돌볼 줄 아는 감각을 회복할 수 있
기 때문이다. 거듭 강조하지만, 고립은 정신적·신체
적 안녕을 방해한다. 무연사회란 결국 면역체계가 절
대적으로 취약한 사회를 의미한다. 자기 앞의 인생을
담담하게 '살아가겠다'고 생각하려는 이화의 작은 태
도 변화에서 '타인이라는 가능성'(월 버킹엄)을 신뢰하
려는 태도를 확인하게 된다. 그렇게 우리는 자기 앞의
인생이라는 경유지를 살아가는 것이리라.

　김이은은 『산책』에서 집에 대한 우리 안의 물질적
욕망을 응시하는가 하면(「산책」), 진정한 관계가 갈수

록 더 피곤하게 느껴지는 세상에서 타인이라는 가능성을 아직도-여전히 믿어도 되는지 묻고 있다(「경유지에서」). 두 작품 모두 집이 세상에 맞서 바리케이드를 친 일종의 요새가 되어가고, 사람들 사이의 관계 또한 갈수록 관계의 점도(粘度)가 희박해지는 세상을 응시한다는 점에서 비슷한 문제의식이라고 할 수 있다.

우리의 질문은 여기서 시작된다. 과연 '나만의 요새'를 쌓아가는 방식의 삶이 좋은 삶인가. 그리고 나만의 요새에 고립된 사람은 어떻게 문을 열고 밖에 나가 자기 바깥의 세상과 연결될 수 있는가. 어쩌면 『산책』의 작중인물들이 하나같이 공유하는 '불안감'의 정체는 이 지점에서 이해될 수 있다. 김이은은 여기서 곧장 성급한 결말로 달려가는 편한 방식을 취하지 않는다. 소리 없는 외로움이 확산되는 지금 이 시대 사람들의 잡음에 가까운 소리를 잘 '듣고자' 하고, 우리 안의 물질적 욕망을 더 섬세하게 이해하고자 한다. 지금 여기 사람들의 '마음'과 '감정'을 더 섬세하게 이해하고 해석하고자 하는 김이은의 글쓰기 여정이 지치지 않기를!

작가의 말

소설의 시대는 쪼그라들었어도 여전히 작가들은 어딘가에서 스스로의 최선을 다해 소설을 쓰고 있다. 누군가 보아주기를 기다리며 붙박여 흔들리는 후미진 곳의 꽃 한 송이 같다. 인적 드문 그곳에서 자그마한 향기를 뿜어낸다.

크고 화려하고 거대한 세상에서 참으로 보잘것없을지도 모른다. 그러나 누군가 막다른 길에 부딪혀 길을 찾지 못할 때 꽃 한 송이의 작은 향기가 위로가 되리라 믿는다.

경기예술지원 기초예술창작지원, 이 사업은 이곳에

도 길이 있음을 알려주는 이정표와 같다. 그 방향성에
감사드린다.

2022년 11월
김이은

김이은

2002년 〈현대문학〉에 단편소설 「일리자로프의 가위」가 당선되어 작품 활동을
시작했다. 소설집 『마다가스카르 자살예방센터』『코끼리가 떴다』『어쩔까나』등
이 있고, 장편소설 『검은 바다의 노래』『11:59PM 밤의 시간』『열두 켤레의 여
자』등이 있다.

산책

초판 1쇄 인쇄 2022년 12월 13일
초판 1쇄 발행 2022년 12월 23일

지은이 김이은

편집 강건모 이희연 정소리 | 디자인 윤종윤 이주영
마케팅 배희주 김선진 | 저작권 박지영 형소진 이영은 김하림
브랜딩 함유지 함근아 김희숙 고보미 박민재 박진희 정승민
제작 강신은 김동욱 임현식 | 제작처 영신사

펴낸곳 (주)교유당 | 펴낸이 신정민
출판등록 2019년 5월 24일 제406-2019-000052호

주소 10881 경기도 파주시 회동길 210
문의전화 031) 955-8891(마케팅) 031) 955-2692(편집) 031) 955-8855(팩스)
전자우편 gyoyudang@munhak.com

인스타그램 @gyoyu_books 트위터 @gyoyu_books 페이스북 @gyoyubooks

ISBN 979-11-92247-65-6 03810

이 책은 경기도, 경기문화재단의 지원을 받아 발간되었습니다.